Autores Varios

Se ha escrito un libro

Lo que se esconde detrás de la vida rural

I Certamen Literario Mundo Rural, Se ha escrito un libro 2023

Autores Varios

Se ha escrito un libro

Lo que se esconde detrás de la vida rural

I Certamen Literario Mundo Rural, Se ha escrito un libro 2023

© Se ha escrito un libro, 2023

Impresión y editorial: BoD – Books on Demand
info@bod.com.es – www.bod.com.es
Impreso en Alemania – Printed in Germany

ISBN: 978-8-4132-6262-8

La literatura es el sentido mágico de la vida.

Ana María Matute

Aprendí que no se puede dar marcha atrás, que la esencia de la vida es ir hacia adelante. La vida, en realidad, es una calle de sentido único.

Agatha Christie

No vayas a creer lo que te cuentan del mundo (ni siquiera esto que te estoy contando) ya te dije que el mundo es incontable.

Mario Benedetti

Nada es lo que parece, todos, personas y lugares tienen una vida interior imperceptible a la superficialidad que envuelve el modo de vida actual.

Sandra Ovies Fernández

Agradecimientos

Muchas gracias al lector que tenga la amabilidad de sumergirse y dejarse acompañar por este libro.

Nuestra más profunda gratitud a los autores que con su generosidad y buen saber hacer con las letras, han hecho posible este libro.

Índice

NOTA ASOCIACIÓN

El porqué de las cosas...

Nace esta asociación en un pueblo, de muy pocos habitantes, pero que es parroquia, cuenta con su iglesia dedicada a San Julián y a la Virgen del Carmen y con sus dos fiestas. Con su escuela, utilizada ahora para otros menesteres culturales.

Actualmente, ya no tenemos el bar del pueblo con su cantina, donde antaño se vendían todos los productos básicos y no tan básicos; se echa mucho de menos...Pero seguimos estando aquí, para que siga existiendo la vida en un lugar tranquilo... ¿o no?, ahí lo dejo...

Quien viva en un pueblo sabrá que todos somos una piña, pero el árbol se mueve mucho y hay todo tipo de vientos... Por donde iba, que me he despistado, por un lugar tranquilo, acogedor, pausado, con las costumbres de dar los buenos días y una pequeña conversación al paso de cada vecino. Con sus gatos, sus perros, con alguna ganadería y con mucha vida interna.

Desde esta asociación nos hemos propuesto rescatar la cultura, fomentar la lectura y premiar a los escritores/as, que con su quehacer nos ayudan a ello.

Apasionados, todos los miembros de esta asociación en ambas disciplinas presentamos el libro *del I Certamen Literario Mundo Rural, Se ha escrito un libro 2023.*

Se ha escrito un libro

PRÓLOGO

Querido lector, tienes ante tus ojos y entre tus manos, el primer ejemplar del concurso literario de relato breve *Mundo Rural*, organizado por la asociación literaria *Se ha escrito un libro.*

Esta primera edición tiene como propósito dar a conocer autores nada o poco conocidos, pero que con sus textos dejan patente su buen hacer con las letras.

Este libro derrocha calidad literaria, frescura, imaginación, diversidad en la concepción del mundo rural, y en su manera de contarla. Necesidad de traducir en palabras emociones, anhelos, sentimientos, reflexiones… de ese mundo que aparentemente es bucólico, un remanso de paz y tranquilidad, donde parece que el tiempo tiene su propio reloj.

Te invitamos a que descubras a través de estas páginas que nada es lo que parece, que ese remanso de paz y tranquilidad, en ocasiones, es un espejismo por no estar contaminado por las prisas, el ensordecedor ruido de la ciudad, que no deja escucharse a uno mismo. Por esa jungla de asfalto, que nos hace olvidar que lo urgente no deja lugar a lo importante, que los mayores regalos de la vida son las pequeñas cosas, y que la felicidad reside en lo sencillo.

En este libro descubrirás que, en el mundo rural, también pasan cosas, y que esa aparente calma es eso, aparente.

¡Feliz lectura!

Sandra Ovíes Fernández

ANDA POR LO *SEGAO*
— Javier F. Parrondo—

El propietario del imponente caballo blanco llegó al lugar donde estaban pastando con calma los otros dos, y descendiendo de su montura buscó con la mirada a sus dueños. Los localizó a lo lejos, vistiendo en sus caras una expresión desesperada y a punto de arrojar la toalla. Pudo notar en sus huesos la fría rendición que flotaba en el aire. Le hizo un gesto a su caballo para que se quedara allí junto a los otros, creando una extraña mezcolanza de colores: Blanco, rojo y negro eran sus pelajes respectivamente. El trío equino se dedicó a pastar por el prado, escogiendo las hierbas aún húmedas por el rocío de la noche.

El jinete levantó la mirada observando los todavía nevados Picos de Europa. Aquella casita, en mitad de la montaña, parecía tan bucólica que no se explicaba que sucedía para que todo el engranaje de lo planeado desde hacía siglos frenase en aquel paraje. A su espalda, frente a las montañas asturianas, todo ardía hasta los cimientos, la civilización se derrumbaba y el ser humano pagaba por sus pecados.

Se levantó un poco la oscura túnica que cubría su cuerpo para aumentar el tamaño de la zancada y llegar cuanto antes hasta sus dos predecesores, que se levantaron al verle llegar. Se les veía taciturnos y al borde de la desesperación.

— ¡Vamos con mucho retraso! —abroncó la recién llegada Muerte.

—No es nuestra culpa —farfulló Guerra algo avergonzado—. No hay manera de que salga de su casa.

—Lo hemos intentado todo —se defendió Hambre—. Ni por las buenas ni por las malas. No se puede razonar con esa señora.

Muerte avistó una pequeña casita de piedra cuidada, con unos tiestos colgando de la pared en los que florecían unos capullos de tonos rosados y de hojas verdes. La puerta de cuarterón de madera permitía apreciar una aldaba en forma de mano para llamar. A los lados, unas ventanas sin persianas, tras cuyos cristales unos visillos con todo el aspecto de haber sido confeccionados a mano escondían de forma poco eficaz a una anciana vigilante que observaba al poco habitual trío. El tejado de pizarra no hacía mucho que debió ser arreglado y la chimenea humeaba con vagancia, ajena a lo que se avecinaba en el exterior. Tras la casa, un par de vacas rumiaban perezosas, atentas a la visita desde el interior de su cercado de postes madera. A ambos lados, la tierra había sido labrada para plantar patatas, cebollas, ajos, alguna que otra lechuga despistada y varias coliflores que culminaban el amasijo de verduras. No parecía mucho, lo justo para el consumo de una sola persona que no comiese mucho ya.

—¿Ella? —señaló Muerte sorprendida.

Guerra y Hambre asintieron enrojecidos por la vergüenza.

—¿Cuánta gente más hay dentro?

—Nadie —murmuró Guerra abochornada—. Bueno, un pequeño perro de esos de bolsillo, de los que ladran sin parar.

Las cuencas negras sin ojos de Muerte ardieron con el fuego de la ira. Cogió aire llenando sus inexistentes pulmones y exhaló con lentitud programada.

—¿Y alguno me contará qué pasa aquí? Llevamos un retraso de mil demonios con este Apocalipsis. No nos podemos pasar aquí la eternidad.

Guerra tomó la palabra dando un paso adelante, haciendo sonar su armadura de metal mientras apoyaba su mano en la empuñadura de la espada que descansaba en su funda.

—Yo he sido el primero en llegar arrasándolo todo, tal como he hecho siempre y siguiendo las órdenes establecidas, pero esta señora me ha prohibido pasar por los prados que bordean su casa. Le he dicho que soy Guerra, Jinete del Apocalipsis y me contestó que le daba igual, que no se me ocurriera pisarle lo segado.

— ¿Y...? —Muerte alzó la ceja que no tenía, dándole cierta expresión interrogatoria a su calavera.

—Pues que cuando traté de pasar por las bravas me golpeó con una vara de avellano y me hizo mucho daño. Aún me escuece. Acertó todos los golpes en las juntas de mi armadura donde no hay metal.

—Y al poco llegué yo —Hambre se unió a la conversación—. Tampoco me explicaba que Guerra estuviera aquí en estado de shock.

—Es que nadie me había plantado cara de esa manera. En toda la Tierra, los ejércitos huyen despavoridos ante la mera visión de mi caballo rojo y mi sable desenvainado. Y esta señora me ha golpeado y ninguneado. Y eso duele física y psicológicamente.

Hambre, delgado y casi tan huesudo como la propia Muerte, acogió por el hombro a Guerra que moqueaba a punto del llanto.

— ¿Y tú? ¿También te ha pegado esa anciana? —la ironía de Muerte cortaba el aire que estaría respirando si tuviera un sistema respiratorio funcional.

—Al contrario, a mí me ha tratado como la madre que nunca tuve.

Muerte parpadeó con sus inexistentes parpados adoptando un aire de incredulidad.

—Me explico —comentó Hambre, mientras seguía consolando a Guerra que se sonaba los mocos con un pañuelo de papel aparecido del interior de su armadura por arte de magia—. Sabes que provengo de una familia pobre y desestructurada. Nunca tuvimos muchos medios y además mi madre siempre me dijo a la cara que no me quería.

— ¡Y yo antes estaba vivo! —gritó Muerte—. ¿Qué tiene que ver nuestro pasado en este tema?

—Es que…, cuando me acerqué, la señora salió y no me dejó ni hablar. A la voz de «hijo, estás en los huesos», me asió la mano como un cepo de cazar osos y me metió en la casa.

—Y entonces es cuando has tratado de acabar con ella para poder continuar el Apocalipsis

—asintió Muerte con una sonrisa en sus no existentes labios.

— ¡Que va! Me senté en la mesa y usar la palabra cebar es quedarse corto. Me embutió todo tipo de encurtidos de cerdo, luego una fabada con todo su compango, ya sabes: chorizo, morcilla, carne, lacón..., tras eso, me puso un plato con unos filetes que se salían de la mesa y patatas fritas, todo ello acompañado de un vino fresquito. Antes de que pudiera huir, me plantó una fuente de arroz con leche de postre, un flan, varias casadiellas[1] y finalizó la tortura con un café y un digestivo chupito de orujo de hierbas hecho por ella en su casa.

—Pero no entiendo el problema. Haberte ido de allí.

—Es que la buena señora tiene una escopeta de caza de dos cañones de su difunto marido y me tenía encañonado a la vez que cocinaba, servía, recogía la mesa y fregaba los cacharros. Aún no me explico cómo lo hacía y eso que mis ojos lo estaban viendo.

Muerte suspiró, y su cerebro, estuviera donde estuviera, a estas alturas en que solo era

---

[1] Dulce típico asturiano. Se trata de una especie de empanadilla frita elaborada con una masa de harina de trigo que se rellena con una mezcla de nueces, azúcar y anís. También se pueden elaborar con masa de hojaldre, haciéndose en el horno.

hueso, pensó: «De todo me tengo que encargar yo; es mejor hacerlo que ordenarlo». Puso rumbo con paso decidido hacía la casita y escuchó un ladrido agudo de aviso. «Será el mini perro que decía Hambre», y no se equivocaba.

La puerta dividida a la mitad se abrió por su parte superior e hizo su entrada triunfal en escena una anciana arrugada que aparentaba unos noventa años, pelo canoso, rozando la transparencia, no muy alta, pero con la medida necesaria para apoyar la escopeta en la puerta y apuntar a Muerte. Iba vestida de negro, como si arrastrase un luto desde hacía muchos años ya, y la ropa fuera perdiendo su oscuro color con los lavados. Un mandilón azulado manchado de harina culminaba la estampa de abuela de todo el mundo. En los pequeños ojillos pardos semiocultos por las arrugas brillaba la determinación como un faro en la noche más oscura.

Muerte detuvo su avance un segundo frenado por una repentina duda. Hizo acopio de valor al notar la mirada de sus compañeros en su cogote, más concretamente en la capucha que le tapaba el cráneo.

—A ver joven, ya les he dicho a sus amigos que no les voy a comprar nada. A uno, por maleducado, ya le he tenido que aplicar un correctivo para que aprenda a hablarle a la gente mayor con respeto. Esta juventud no tiene educación hoy día. Y al otro le vendría bien una buena chica que supiera cocinar y dejarse de tanta *burguesa y pisa*, que está en los huesos.

—Mire, señora…

—Me llamo Dolores —interrumpió la anciana—, como mi abuela y ella como su abuela. El nombre viene de generaciones atrás. Mi familia lleva más de trescientos años llenando de Dolores estas tierras —una risilla se le escapó, como si fuera una broma privada que solo ella alcanzaba a comprender.

—Yo soy Muerte —quiso impactarla, pero se sintió como cuando de niño se tenía que presentar ante la clase.

—Esos nombres modernos… y no me pises las margaritas, acércate por el camino que está empedrado. Esta gente de ciudad no sabe dónde poner un pie en cuanto les quitas una acera.

La anciana salió de la casa y se plantó ante Muerte con autoridad a pesar de medir la mitad.

—A ver, señora, he dicho que soy Muerte. LA MUERTE. Ya sabe, el de la Guadaña, el Segador.

—No necesito más jardineros. Ya se encarga Venancio, el vecino que vive más abajo de la colina, de segar el prado para que no me vengan ratones a casa. De mi huerto me ocupo yo, que aún puedo, y las flores son mi pequeña afición. ¿Ha visto lo bonitas que están brotando las de invierno? Si quiere, luego le enseño el pequeño invernadero que me construyo mi yerno hace unos años tras la casa, donde me crecen unas fresas que no son de este mundo, de lo sabrosas que están…

—Escuche señora… —Muerte trató de cortar el monólogo de la anciana.

—Dolores. Llámame Dolores. Ahora ya nos conocemos y te dejo que me tutees. Pero que te quede claro que no os voy a comprar nada —ella seguía en sus trece.

—Vale. Dolores. El tema es que estamos en pleno Apocalipsis y me tiene usted a Hambre y Guerra aquí parados sin poder continuar porque se empeña en no dejarles cumplir con su tarea. Si fuera tan amable de dejarse *apocalipsear* para que podamos continuar, le estaríamos muy agradecidos —Muerte trató de usar la amabilidad como arma de convicción. Se le hacía extraño tener que argumentar con un humano.

—¿Qué es eso del *pocalisis*? Algún invento del ayuntamiento para venir a sacarme los cuartos, seguro.

—No, señora… Dolores. ¡EL APOCALIPSIS ES LA DESTRUCCIÓN TOTAL Y FINAL DE LA HUMANIDAD! —Muerte utilizo un tono de voz gutural, con el añadido de un túnel de tren de ecos incorporados. Un oportuno trueno lejano recalcó el poder de la frase.

—Ah, no, de eso nada. Si no queda nadie, ¿quién me va a pagar la pensión? Ni se te ocurra seguir con eso, jovencito. Con la de años que he tenido que trabajar para tener mi pensioncita, no me la van a quitar ahora esos políticos con una excusa tan boba como esa del *pocalisis*.

—Es que no tiene nada que ver con los políticos, Dolores —trató de aclarar Muerte—. Está escrito en la Biblia y en todas las religiones que ha habido.

—Pues ese tema lo tiene que tratar usted con don Remigio, el cura. A mi edad ya no creo en esas cosas, con todo lo que he visto en mi vida.

Muerte se hartó de las palabras. Levantó su guadaña y describió un arco en dirección a Dolores para acabar allí y en ese momento la discusión. Por algo era la Muerte, el Final de todo. Pero la guadaña frenó en seco su parábola hacía Dolores porque los dos cañones de su escopeta habían entrado justo debajo de su mandíbula. Para ser exactos, se apoyaban en su paladar y notaba el frío del acero. Eso era una novedad, al igual que el miedo que le inundó. Era la Muerte, pero nunca había pensado en que nadie le plantara cara y, además, sentir la incertidumbre de comprobar si era mortal. Porque la Muerte se lleva a los muertos, pero... ¿Es ella mortal? La duda se plantó allí, entre su paladar y los cañones de la escopeta de Dolores.

La anciana miró detrás de aquella visita de túnica negra y más allá de los otros dos mozalbetes y sus caballos. Contempló con los ojos como platos como tras ellos solo llegaba fuego y destrucción y las llamas lo devoraban todo. Bosques ardiendo desde las raíces hasta las copas, las casas de los pueblos del llano derruidas por las lenguas de fuego e incluso la propia roca de las cimas de las montañas parecía arder. El cielo se tornaba rojo y negro por las llamas y el humo. Todo lo que abarcaba la vista de Dolores, que a su edad aún no usaba gafas y bien que se pavoneaba de ello en las partidas de brisca ante sus amigas, todo era aniquilación. No parecía que nada se salvase, aparte del perímetro que rodeaba el campo donde estaba ubicada la idílica casita de piedra de la señora Dolores.

— ¡Me cago en todo! —bramó enloquecida. ¡Me estáis quemando el monte! ¡Y el pueblo dónde está la tienda y tengo que ir a buscar harina para un bizcocho! ¡Y los *praos* donde van a pastar mis vacas Morena y Lucera! Eso sí que no lo perdono, vais a llevaros vuestro merecido.

Uno de los cañones detonó e hizo volar la calavera de Muerte, que salió corriendo tras ella mientras descendía la montaña. El otro cartucho fue para Guerra, que cayó rodando en su alocada huida a través de los matos y golpeándose en las rocas que sobresalían. Su armadura le salvó de la bala, pero no le impidió dejar de rodar sin parar hasta el llano, donde se detuvo junto al cráneo de Muerte. Hambre comprendió que allí sobraba y corrió hacía su caballo para ver con gran dolor como, asustados por las detonaciones, los tres equinos se habían largado a toda velocidad perdiéndose por las montañas. Sin otra opción, al ver a Dolores recargar con gran habilidad, a pesar de aquellas manos reumáticas, corrió a enormes zancadas tras sus compañeros.

—¡Y qué no os vuelva a ver por aquí, gamberros! —fue lo último que oyeron de Dolores los tres jinetes del Apocalipsis, acompañado por el ladrido agudo y amenazante de un perro pequeño con muy mala leche.

Sintiéndose a salvo tras un buen rato de carrera demencial, los tres se sentaron para evaluar la situación.

—Muerte ¿Qué hacemos? —preguntó Guerra recolocándose la abollada armadura sobre el magullado cuerpo.

—Sí, ¿Qué hacemos? —repitió Hambre recuperando el resuello y con la comilona que le obligaron a deglutir bailando arriba y abajo de su garganta— No podemos contar esto a nuestros jefes.

Muerte meditó un rato, a la vez que se trataba de colocar la calavera de nuevo sobre las vértebras cervicales, con más o menos suerte.

—Aquí no ha pasado nada. Estas montañas se quedan como están. Seguiremos con lo nuestro con el resto del planeta, pero no quiero volver a saber nada de esa maldita anciana. Será nuestro secreto. Nunca ha pasado.

—Pero ¿y si nos preguntan las Altas Esferas por qué estas montañas no han sido arrasadas? —comenzó a preguntar Hambre—. ¿Qué les contestaremos?

— ¡NUNCA HA PASADO! —repitió Muerte con autoridad incontestable—. Nos vamos. Ahora.

Los tres jinetes se dirigieron con paso cansado hacía lugares menos belicosos y a ser posible sin ancianas armadas.

— ¡Ah! Y recordadme que cada mes hay que ingresarle a la señora Dolores la pensión en su cuenta del banco, no sea que se enfade, nos crea culpables y nos venga a buscar —pactó Muerte con Hambre y Guerra mientras degustaban el agrio sabor de la derrota.

ALGO SOBRE EL AUTOR

Corrían los salvajes tiempos del siglo XX cuando el asturiano *Javier F. Parrondo* se empapaba de novelas sin pensar en que un día él mismo osaría sacar sus propias historias de su cabeza. Una de esas, un relato de ciencia ficción llamado *I.A* apareció en la antología *Quasar 3* de editorial *Nowevolution,* dándole el empujón que le faltaba. Buscó aterrorizarnos con un pequeño relato llamado *El Perro Ladraba Sin Parar* aparecido en el *IV certamen Walskium de microrrelatos de Terror y Fantástico*; rozó el tema zombie con *Tinta Y Los Extraños Transeúntes* en la *Antología Orgullo Zombi 3,* y encaró con valor el costumbrismo con toques de fantasía del relato *Inmarcesible* que vio la luz en la *Revista de las Historias Perdidas.*

Pero su opera prima fue la novela *Charly Hellbreaker. Memorias De Un Demonio Caótico* de *Editorial Titanium,* dónde se abrazó al humor negro y muchas veces absurdo sin pensárselo. En la plataforma *Lektu* publicó un pequeño relato del mismo personaje titulado *Charly Hellbreaker Y La Sorpresa Navideña.*

DIARIO DEL PUEBLO
—Daniela Casielles—

Todas las historias deben tener un principio emocionante, pero tengo que admitir que la mía empieza de la manera más decepcionante posible, con cuatro personas en un SEAT negro en un viaje de tres horas.

El abuelo había muerto hacía ya diez años, cuando yo todavía era un bebé. Desde entonces, mi madre y sus tres hermanos eran los propietarios de la casa que había pertenecido a su familia por décadas. Cada vez que mis padres tenían un fin de semana o puente libre de trabajo, decidían hacer una *escapadita* al pueblo del abuelo para quedarse allí por unos días. Y a pesar de las repetidas protestas por mi parte y la de mi hermano, seguíamos yendo cada vez que ellos querían. Eso era precisamente lo que estábamos haciendo en aquel viernes en medio del otoño.

Cuando era pequeña, visitar Allende, porque así era como se llamaba el pueblo, era una de las cosas que más me gustaban. Pero en mi adolescencia, ningún lugar en este mundo me parecía mejor que la tranquilidad de mi cuarto en mi casa de la ciudad. Y aunque en ese momento estuviese equivocada, he de admitir que ningún sitio en este mundo me parecía lo bastante bueno como para aguantar un viaje de tres horas. Y mucho menos, si durante dicho viaje tenía que estar escuchando a mi madre cantar canciones de su juventud, y a mi hermano pequeño Carlos quejándose porque no tenía wifi. Por lo que, a la media hora, después de haberme metido en el coche, apoyé la cabeza en la ventana y me puse los cascos, intentando dormir lo que quedaba de nuestro camino destino a un pequeño pueblo donde nunca pasaba nada, o eso me parecía a mí.

Allende era una pequeña población asentada en una colina desde la que se podía ver perfectamente el mar. No debía tener más de doscientos o trescientos habitantes, y la mayoría eran personas mayores que llevaban viviendo allí toda su vida. Los visitantes y turistas eran algo sumamente extraño, si no contamos a la gente que como nosotros pasaba allí los fines de semana porque sus familias vivían allí. Casi todas las casas estaban colocadas alrededor de la plaza del pueblo, solían ser pequeñas y con un huerto o jardín en la parte trasera. Y los únicos comercios de la zona eran una tienda de ultramarinos, una farmacia y el kiosco. En cuanto a edificios públicos, la escuela, que no pasaba de los treinta alumnos, y la biblioteca pública y con eso les bastaba y sobraba. En definitiva, aquel era un pueblo como los otros muchos que había en el norte de la zona, con habitantes que se conocían entre sí y se trataban por el nombre, a más de quince kilómetros de la ciudad más cercana y cuyo mayor acto social era la verbena de los veranos.

Cuando aparcamos por fin tuvimos la gran casona frente a nuestros ojos. En lo que se podía llamar las afueras del pueblo se encontraba la casa que había sido del abuelo. Ocho metros de frío ladrillo pintado de blanco con un corredor de madera roída, y suelo de parqué que crujía cuando lo pisabas, pero qué mamá decía que aportaban un cierto encanto rústico. Encanto que me daba ganas de volver a casa incluso si tuviese que ir a la ciudad andando. Tenía un enorme jardín, donde había un viejo manzano que siempre parecía a punto de caer, pero que llevaba muchísimos años en esa posición. Pese a todo, allí estaba yo, y para colmo, sin una barra de cobertura o de wifi para entretenerme, durante el que tenía todas las papeletas de ser el fin de semana más aburrido de mi vida.

Lo único bueno de la casa es que era bastante grande y con muchas habitaciones, lo que significaba no tener que compartir cuarto con mi hermano.

Fui la primera en subir las escaleras, así que tuve el privilegio de ser la primera en escoger cuarto. Como de costumbre, me dirigí directamente a la que había sido la habitación de la hermana mayor del abuelo. Era la que tenía el corredor, había algo en ese gran ventanal que siempre me había llamado la atención. Quizás fuese la increíble vista del jardín y del cadavérico manzano que desde ahí tenía.

La lluvia empezó a golpear el cristal tan pronto como todos estuvimos dentro. Con aquella banda sonora de la naturaleza deshice las maletas para tenerlo todo ya listo. Tan ensimismada y tranquila estaba yo en ese momento, que no me di cuenta de que mi hermano llevaba llamándome media hora desde la planta de abajo. Así que cuando él subió bastante irritado a hablar conmigo me pilló totalmente desprevenida.

— ¿Pero tú que estás sorda? — preguntó con sarcasmo. Su voz me hizo despertarme de mi trance y pegué un pequeño brinco de la sorpresa.

— Yo también me alegro de verte —dije molesta.

—Mamá dice que vayas, que necesita que cojas uno de los manteles del abuelo del desván— me explicó.

—Sí, claro, ¿seguro que mamá me lo ha pedido a mí? —ya estaba acostumbrada a que mi hermano me cargase con sus tareas cuando él no quería hacerlas, siempre me decía que eran un encargo de parte de mi madre, por lo que yo ya me olía su mentira.

—Exactamente, —me respondió sin poder contener la sonrisa, sintiéndose él muy inteligente, ahora tira arriba a buscarlo, cuanto antes termines antes podrás volver a la tuyo.

Por supuesto que yo sabía lo que estaba haciendo, pero me pareció que no ganaría nada negándome o discutiendo con él. Acabaría antes, si simplemente lo hacía sin protestar, devolvérsela sería una batalla para otro día.

Así fue como acabé subiendo al desván, una estancia húmeda, polvorienta y con muy poca luz. Cuando era más pequeña solía esconderme allí para jugar al escondite con mis primos, por lo que me conocía el lugar como la palma de la mano. Además, la oscuridad del lugar no me importaba ni lo más mínimo. Después de años escondida allí, ya me había hecho inmune a los monstruos que viven en las sombras, en los que los niños creen de pequeños. Armada con la linterna del móvil, para no tropezarme con nada, me adentré en aquel lugar, que en mi infancia me parecía una cueva del tesoro con maravillas que descubrir en cada esquina.

Me fui derecha hasta el viejo armario donde se guardaban la ropa vieja, los edredones y los manteles. Ahora, ya con la tela en la mano, estaba dispuesta a salir otra vez por la puerta. Por suerte el destino quiso que me tropezase con una vieja caja de cartón, que me hizo caer al suelo y aquí es donde las cosas se empiezan a poner interesantes.

La curiosidad siempre ha sido una de mis mayores virtudes (o defectos, depende a quien se lo preguntes), por lo que después de maldecir por lo bajo por mi estúpida caída, decidí echarle un ojo a su interior. Al principio nada me llamaba mucho la atención: un peluche medio descosido, un par de libros apolillados, una cuantas chapas e insignias de bandas de música de antes que yo naciese, carretes de fotos sin revelar, una chaqueta vaquera, nada demasiado interesante. Simplemente, parecía el baúl de recuerdos de la adolescencia de alguno de los hermanos de mi madre. Pero casi al final de la caja, ya casi cuando ya estaba a punto de volver abajo para darle el mantel a mi madre, encontré algo que realmente merecía la pena: un cuaderno.

Parecía que se había colado en la caja por error, por el estilo no parecía en absoluto pertenecer al mismo dueño que el resto de las cosas de la caja. Estaba encuadernado en cuero marrón y parecía mucho más antiguo que el resto de los libros que había allí. La curiosidad pudo conmigo, a pesar de que mis padres siempre me habían enseñado que estaba mal leer las cosas de otras personas sin su permiso. Pero visto de cierta manera el dueño no estaba por allí, así que no hacía daño a nadie si curioseaba un poco. Abrí el cuaderno por la primera página, donde simplemente decía esto con una caligrafía muy bonita, Diario de Isabela

Como ya he dicho yo era una chica muy curiosa, por lo que decidí esconderlo en los bolsillos de mi chaqueta para poder mirarlo más tarde. Sin pensar ni un minuto más, lo guardé y fui a darle el mantel a mi madre.

Ya entrada la noche por fin tuve tiempo para leer el misterioso diario. Este había permanecido toda la tarde en mi bolsillo, y no me había atrevido a hablar de su existencia con nadie de mi familia. No sé, había algo en él que quería que quedase en secreto entre su dueña y yo. No quería que nadie más supiese que lo había encontrado. Por eso esperé a que todos estuviesen dormidos para leerlo. Escondida entre las sábanas para protegerme del frío, empecé a leer la primera entrada.

21 de junio de 1954

¡Querido diario, qué alegría tenerte por fin conmigo! El resto de las chicas de la escuela llevaban meses hablando de escribir sus pensamientos en alguien como tú. Le había comentado a mamá sobre ello y a la semana siguiente, cuando nos entregaron las notas, me recibió contigo en la mesa de la cocina. Estuvo buscando entre las estanterías de libros de papá y por fin te encontró, un perfecto cuaderno vació que me serviría como diario. Puede que no seas tan nuevo como quisiera, pero prometo darte un buen uso. Con cariño, Isabela.

Cerré en los ojos para pensar un minuto en lo que acababa de leer. Isabela, ¿de qué me sonaba el nombre? En mi cabeza empecé a repasar el árbol genealógico de mi abuelo del que tanto me había hablado mi madre. Por fin recordé Isabela era una hermana de mi abuelo, la tercera de los seis hijos de mi bisabuelo, solo por detrás de Joaquín y Antonio si no me equivocaba. Por lo que era solo tres años más joven que el abuelo, que era el mayor de todos. Con esta nueva información pasé de página.

2 de julio de 1954

Querido diario, hoy ha empezado la verbena del pueblo. La banda eran unos chicos jóvenes del pueblo de al lado, ¡tocaban tan bien! Escuchando el piano, me entraron unas ganas tremendas de poder pagarme unas clases para aprender a tocarlo, como la hija del alcalde. Nadie me sacó a bailar, por lo que estuve toda la noche hablando con Rosa, la hija del panadero, que también estaba sola. ¡Pobrecita! ¡Casi llora! Se pasó todo el baile quejándose de ello. Cuando yo le dije que no tenía por qué preocuparse, porque no necesitábamos a nadie para divertirnos, se enfadó conmigo por haber rechazado al único chico que se había ofrecido a bailar conmigo. De verdad, es que no la entiendo. La parte buena de todo esto es que Joaquín, mi hermano mayor, sacó a María a bailar ¡El pobre lleva enamorado de ella desde hace años! Así que al menos alguien sacó algo bueno de todo aquello.

Sonreí para mí. María no era nada más y nada menos que el nombre de mi abuela. Me alegré por el buen final que había tenido todo aquello. ¿Quién sabe? Si no fuese por aquella verbena donde mis abuelos bailaron juntos, a lo mejor, yo no estaría aquí. La siguiente página era de unas semanas más adelante

15 de julio de 1954

Querido diario. Hoy, después de ayudar a mamá a preparar la comida y a papá a ordeñar las vacas, por fin pude relajarme un poco. ¿Quién diría que estaría más ocupada en verano que durante el curso? Bueno, es cierto que en invierno y otoño no voy todos los días a clase, sobre todo cuando hay trabajo en casa, pero aun así sigo estudiando cuando puedo en casa. Como dice mamá, en verano hay que aprovechar el sol para trabajar, y entre ayudarla a ella y a papá en la granja, debes perdonarme que no haya tenido tiempo a escribirte. ¡Han pasado tantas cosas! Joaquín ha empezado a cortejar a María y al parecer está saliendo bastante bien. Antonio, que según papá siempre ha sido el genio de la familia, recibió ayer una carta de una universidad muy importante de la ciudad. ¡Le han ofrecido una beca para que pueda ser profesor, porque fue el que mejor notas sacó de su clase!, ¿te lo puedes creer? Te preguntarás que hace tu pequeña Isabela mientras tanto, pues debo admitir que en este momento la más absoluta de las nadas, ¡y qué bonito es no hacer nada! Estoy tirada al lado del viejo manzano escribiéndote y dejando que el sol me tueste la cara. Estoy convencida de que dentro de un rato mamá me pedirá que le ayude con la cena, pero voy a disfrutar del momento mientras dure. ¿Sabes lo que pienso ahora? El viento está alborotando mi pelo, y supongo que el viento es una chica como yo, de cabello negro y muy revoltosa. ¿No sería hermoso que me pudiese llevar con ella? Llevarme a lugares lejanos en los que nunca he estado, un lugar donde siempre sea una tranquila tarde de verano, ¡qué pena no tener dinero para viajar! Mamá lleva llamándome un minuto para que entre en casa, debo de ir antes de que se enfade conmigo por tardar. Con cariño, Isabela.

Era extraño imaginarme aquella niña, sentada bajo el árbol esquelético que ahora yo podía ver a través de la ventana, y en un día de verano cuando fuera empezaba a tronar. Las páginas siguientes no eran demasiado interesantes, unos cuantos relatos más que hablaban sobre las labores de la granja y de amigas de la escuela. Nada digno de escribir aquí. Pero unas páginas más adelante, me encontré esto, de septiembre de ese mismo año.

3 de septiembre de 1954

Querido diario, hoy Antonio se ha ido hacia la universidad. Jesús, el párroco, se ofreció a bajarle en su carro hasta el pueblo siguiente, y desde allí cogió el autobús hasta la ciudad. ¡Ojalá hubiese podido ir con él a estudiar! Este año no volveré a la escuela, ya tengo dieciséis, y papá y mamá han decidido que me necesitan en casa. No me quejé, sé que alguien tiene que ayudarles a cuidar a mis hermanos, pero detesto tener que ser yo. Soy inteligente y sé que si hubiese sido un chico como Antonio, yo también hubiese podido conseguir una beca para la universidad. Pero mis padres no pueden permitirse enviarme y reconozcámoslo, si fuese, todo el pueblo hablaría mal de nosotros. Solo las chicas de familia más ricas van, y normalmente es para estudiar algo hasta encontrarse un marido. Yo no quiero hacer eso, quiero escribir. Llevo haciéndolo desde que era pequeña y siempre invento historias para contárselas a Clara y a Marcos antes de dormir. Podría ser buena, lo sé. ¡Qué pena no poder ni intentarlo! Lo siento querido diario, no pretendía contarte todas mis penas y lo hecho sin pensarlo. Espero que no te importe que me haya desahogado. Tu querida amiga, Isabela.

La impotencia corrió por mis venas, por los sueños frustrados de aquella familiar mía. Me alegré de haber nacido en este siglo y pasé a la siguiente parte llena de curiosidad.

15 de septiembre de 1954

Querido diario, ¡hoy ha pasado algo horrible! El otro día, cuando Clara volvió de la escuela, se encontraba muy mal, creíamos que sería un simple dolor de tripa o de cabeza, por lo que la dejamos quedarse el día siguiente en casa. Papá había ido al pueblo de al lado a resolver unos asuntos de la granja, y mamá estaba en el mercado, por lo que solo estábamos ella y yo en casa. La dejé dormir la mañana, fuera llovía a cántaros y no quería que la pobre se pusiera peor. A eso de las dos la escuché llorar desde su cuarto y fui a ver qué pasaba. La temperatura le había subido mucho y fui corriendo hasta el pueblo, con tanta prisa que me olvidé del paraguas y el abrigo en casa. Al final el médico pudo atenderla y parece que ya estará mejor mañana. En cuanto a mí, cogí un catarro aún más fuerte que el suyo por culpa de la mojadura que pillé. Estaré sin poder escribir mucho durante unos días, pero al menos Clara se encuentra mejor. Te quiere, Isabela.

Después de esto solo encontré unas cuantas páginas vacías, algunas tenían pequeñas anotaciones en el margen, medidas en mililitros que iban cambiando poco a poco. No encontré una nueva entrada hasta seis páginas después.

21 de octubre de 1954

Querido diario, siento no haberte podido escribir en este último mes. Mi catarro resultó ser en realidad una pulmonía, que me mantuvo en cama mucho tiempo. Todavía no tengo fuerzas para hacer nada, y siento como si las ganas de vivir se me escapasen poco a poco por la boca. No soy a respirar, los escalofríos recorren mi espalda a cada minuto y llevo días sin probar bocado. Anoche era incapaz de dormir y escuché a mamá llorar en la cocina por culpa de mi enfermedad. ¡Ojalá pudiese acabar con todo esto! Intentan darme las medicinas para que mejore, pero ya sé que es inútil, ¡si tan solo pudiese acabar con esto de una vez! ¿Te acuerdas de la muchacha del viento de la que te hable en verano? Todos los días me la imagino viniendo a por mí, me toma de la mano y juntas vamos a todos los sitios que quería visitar. Pero hoy dejaré de imaginarla, esta noche me esperará en el manzano y por fin nos iremos. Mamá parará de llorar.

Hasta siempre querido diario. Con cariño, Isabella.

En ese momento los truenos de fuera parecían sonar cada vez más fuerte, teníamos la tormenta justo encima. Una luz blanca atravesó el cielo aterrizando a pocos metros de la casa. Salí de la comodidad de la cama dejando el libro en la almohada, me levanté para ver lo que pasaba afuera a través de la ventana. Un rayo había partido por la mitad el manzano, que cayó al suelo. Antes de que yo pudiese reaccionar de cualquier manera, note una mano fría en mi hombro.

—Es de mala educación leer el diario de otras personas....

Ahogué un grito, quizás el pueblo no fuese tan aburrido después de todo.

ALGO SOBRE LA AUTORA

Creo que llevo haciendo historias desde que era pequeña, mucho antes de saber leer o escribir. Mi padre siempre dice, que solía coger los libros que había por casa y solo mirando las imágenes me ponía a crear historias yo misma. Cuando empecé a estudiar este amor por los libros solo fue a más. Mis novelas favoritas siempre fueron un refugio del aburrimiento, una manera de escapar de la vida real. Los protagonistas eran mis amigos y yo podía vivir miles de aventuras junto a ellos con tan solo pasar de página. Al crecer un poco más retomé el hábito de crear historias, algunas mejores que otras, pero siempre disfrutándolas al máximo. ¡Pobre la persona que se encontrase en mi camino y me decidiese a contarle toda la trama y los personajes de mi siguiente cuento! Porque la verdad cuando hablaba de libros no había nadie capaz de callarme. Para cuando tenía doce u once años ya tenía claro que escribir era una de las cosas que más me gustaban en este mundo. Desde entonces he participado en varios concursos y ganado premios alguna que otra vez. Suelo escribir sobretodo relatos cortos; aunque llevo algún tiempo desarrollando una novela, que aún no he acabado, pero espero publicar algún día. En definitiva escribir es y ha sido siempre una parte muy importante de mi vida y espero seguir continuando haciéndolo por mucho tiempo.

ENCUENTRO EN BOSQUEVERDE
— Maribel Fernández—

Sus ojos negros como el mismo abismo recorren mi cuerpo de arriba abajo, ¡no sé cómo reaccionar ante semejante descaro! Sin saber por qué... decido convertirme en mera espectadora mientras la oscuridad que tiene por ojos, evalúa con extrema severidad mi modo de vestir; la negación de cabeza, casi imperceptible, me indica que no he pasado el examen; frunce con asco su aguileña nariz como si los vaqueros, y el escotado top que luzco con elegancia, olieran mal. Su grosería me asombra, y maravilla al mismo tiempo. En otro momento de mi vida esta situación me habría hecho gracia, pero estoy atravesando una etapa complicada, y su desvergüenza me hiere.

El abismo de su mirada asciende de nuevo sobre mi cuerpo hasta detenerse en mi rostro, y por como entrecierra la negrura que tiene por ojos, me percato de que tampoco aprueba el maquillaje, y mucho menos mi largo cabello rubio, tono cinco, según la caja del tinte

El canto de los pájaros me distrae y levanto la mirada hacia los frondosos árboles que nos rodean, sus copas majestuosas casi me hipnotizan, y siento el impulso de acercarme y sentarme bajo el amparo de tan nobles arboledas, pero el sonido de un carraspeo impertinente, me recuerda que no estoy sola; vuelvo la cara hacia los agujeros negros que tiene por ojos, y en esta ocasión, nuestras miradas se encuentran; la frialdad con que me mira atraviesa mi frágil coraza, y un escalofrío recorre mi cuerpo; me cruzo los brazos sobre los hombros y aparto la mirada de aquella oscuridad que tiene por ojos.

—¿Tiene frío? —pregunta con aspereza—, qué extraño… Hace calor.

Levanto la mirada hacia el cielo y cierro los ojos entregándome al calor que irradia el astro rey, inspiro varias veces intentando mantener la calma, de repente me giro y me enfrento de nuevo a esos ojos negros:

—¿Me da la llave? Me gustaría instalarme cuanto antes —Intento que mi voz transmita calma, pero su descarada conducta provoca que mi tono sea insolente.

—*Las señoritas de ciudad* siempre con prisas… —Su castigado rostro se asemeja a cuero

45

acartonado, y sin embargo, todavía se percibe lo hermosa que debió ser en su juventud. De pronto me invade cierta ternura hacia la anciana Eloísa, de recio cuerpo, vestida con pantalón de chándal negro, y una blanca camisa de manga corta abotonada hasta el cuello. Me da la espalda, y con pasos enérgicos se dirige a la entrada de la casa, mientras su huesuda y ajada mano, se introduce en el amplio bolsillo del pantalón de dónde extrae una llave de dimensiones considerables. Estoy a punto de hacer un comentario mordaz ante la visión de tan curiosa llave, pero la actitud hostil de Eloísa hacia mi persona, me obliga a tragarme las palabras. Mientras introduce la descomunal llave en la cerradura, admiro maravillada la majestuosidad de la casa.

—Es preciosa, —elogio asombrada, por la sencillez y perfecta edificación. Me recuerda a la típica casita de los cuentos infantiles con el tejado triangular, y su cuadrada construcción, consigue armonizar a la perfección sus dos pequeños ventanales a cada extremo de la casa, y por si no fuera suficiente, en el centro, ¡una enorme puerta de arco que me enamora en cuanto la contemplo! «Me encanta! Es una casa encantadora». Una pirámide de troncos al lado de la puerta me hace sonreír. «¿Puede ser más perfecto?»

La anciana me espera en el interior con actitud hostil. Deseo que se vaya y me deje disfrutar de este hermoso entorno, así que le muestro la mejor de mis falsas sonrisas, mientras levanto la barbilla, echo los hombros hacia atrás, y camino hacia el interior con porte de chica de ciudad. Me mira frunciendo la boca; me siento orgullosa, parece que he interpretado mi papel a la perfección y sonrío con suficiencia.

—Señora Eloísa, no se moleste en enseñarme la casita, ya la conozco. —La anciana me mira extrañada.

—La he visto por la web —aclaro en tono amable—. Ana es afortunada por tener esta casita. Contacté con Ana, la dueña, mediante un portal web en dónde alquilan casas en zonas rurales.

Bosqueverde es un pequeño pueblecito de apenas doscientos habitantes, situado al norte de España. Los turistas ocasionales que aparecen en Bosqueverde, normalmente, encuentran dónde pernoctar gracias a la generosidad de algunos parroquianos, y si necesitan alargar su estancia, tienen a disposición varias casas para alquilar por días o semanas, incluida la de Ana.

Le doy la espalda a Eloísa como diciendo: «No tenemos nada más que hablar». Sin embargo, ella permanece inmune ante mi desplante; me siento harta de tan absurda situación, y a punto de perder la paciencia, me doy la vuelta situándome frente a ella.

—¡La llave! —declaro en tono cortante, mientras extiendo la mano en actitud desafiante, sin embargo, la anciana ignora mi mano, y deposita con brusquedad la llave sobre la mesa de madera, que impera en el acogedor salón/cocina.

—¡La casa está limpia! En la despensa encontrará víveres. De todas formas, en el pueblo puede comprar más cosas. La cama está preparada y le he dejado unas mantas, las noches refrescan y mucho más para las señoritas de ciudad asevera con frialdad.

—¿Se ha encargado usted misma de la limpieza? —pregunto algo incrédula

—Mientras me queden fuerzas, de la casa de Clara me ocupo yo. Y créame que a mis ochenta y dos años me siento tan fuerte como cualquiera.

Sus ojos envenenados de hostilidad siguen arañando mi coraza, me lastima, me molesta y mucho más, me incomoda, ¿por qué es tan fría conmigo? Decido ser tan mordaz como ella. —No dudo que sigue siendo fuerte y vital, es evidente, pero me temo que a ciertas edades la cabeza tiende a confundir los nombres. —Sonrío con malicia y continuo—, la dueña de la casa se llama Ana y no Clara —le reprendo con cierta mofa.

Ella me mira de arriba abajo y gruñe como un gato salvaje. —¡Las que no se enteran son *ilas señoritas de ciudad!* ¡La dueña de esta casa es Clara! ¡Y no tengo nada más que hablar!

Dicho esto, me deja con la palabra en la boca y sale por la puerta enfurecida justo cuando un camión algo destartalado se detiene junto a mi utilitario. Desconcertada por el comportamiento de Eloísa, a punto estoy de cerrar la puerta, pero la curiosidad me puede, y observo como del camión se baja un hombre de espaldas anchas y cintura estrecha, sus pasos son casi de un anciano, pero sospecho de que debe de rondar los treinta; en su curtido rostro se aprecia una cicatriz, bastante perturbadora, le da apariencia de asesino en serie; sin saber por qué, me fijo en sus ojos, y es entonces cuando mi corazón se acelera, se desboca como un caballo salvaje; el tiempo se detiene, y reconozco en esa mirada, la misma pena que me aflige a mí, dolor, sufrimiento traición, decepción...

—¿Por qué has venido? Te dije que te llamaría cuando acabara de enseñar la casa.

Me sorprende y me fascina con cuanta amabilidad se dirige Eloísa al recién llegado. De su cruenta boca dibuja una sonrisa llena de amor, mientras en un gesto simpático, extrae del bolsillo de su pantalón deportivo, un smartphone que casi consigue que me desmaye.

—Lo sé, abuela, pero he terminado de arreglar el tractor y pensé que… —enmudece porque nuestras miradas se han encontrado, y percibo que le gusto cuando recorre mi cuerpo de arriba abajo; eso me ofende, y a la vez me divierte, pues sus ojos negros son idénticos a los de su abuela. Durante unos intensos segundos nadie dice nada, finalmente soy yo quien rompe el mutismo:

—Soy *la señorita de ciudad* —extiendo la mano y él me la estrecha sin apartar la mirada de mis ojos. — Me llamo Mónica.

—Carlos —responde con evidente incomodidad—. Espero que tenga una grata estancia —me desea respetuoso. La anciana se interpone entre nosotros, y toma posesión del brazo de su nieto, yo la ignoro, y le ofrezco a Carlos, mi mejor sonrisa cuando le respondo con innegable coquetería.

—¡Eso espero! He venido a divertirme.

—Se hace tarde, Carlos, debemos irnos

Él asiente resignado, pero yo no estoy dispuesta a que se vaya todavía, y como quien no quiere la cosa le pregunto: —¿Podrías aclararme una cosa que no acabo de entender?, ciertamente Carlos me enternece, es un hombre de los que no pueden ocultar que son buenas personas. —Esta casa es de Ana, así me lo ha dicho ella, pero tu

abuela insiste que es de Clara—. Pongo los ojos en blanco fingiendo no comprender nada. Él sonríe, y en ese momento su rostro se ilumina mostrándome a un chico mucho más que atractivo.

—Bueno, la casa es de Ana, desde luego, pero para los de Bosqueverde siempre será de Clara, así la conocemos todos en el pueblo, la casa de Clara, aunque nos dejó hace ya cincuenta años.

—¡Jesús! —exclamo yo impresionada.

—Ana es su sobrina, la heredó, vive en otro pueblo.

—¡Asunto aclarado! ¡Ahora nos vamos!, sentenció Eloísa deseando llevarse a su nieto lejos de mi compañía, pero de repente, me clava su oscura mirada y declara: —¡Por cierto, detrás de la casa hay un pozo! Debería probar el agua, es deliciosa.

—¿Qué me dice? —exclamo entusiasmada.

—Supongo que sabe cómo va, hay un cubo y una cuerda y solo tiene que...

—Abuela, por favor...

Sin poderlo evitar rompo a reír a carcajadas; Eloísa me mira mal, cosa que empiezo a acostumbrarme, sin embargo, su nieto Carlos, me sonríe con cierto pudor, pues acaba de darse cuenta, que he tenido que soportar el tosco comportamiento de su abuela.

Horas después, en mi nuevo hogar, me siento más que cómoda, es como si hubiera encontrado mi lugar en el mundo. Después de descargar mis cosas del coche, dejo la maleta sin deshacer sobre la descomunal cama, que me resulta muy perturbadora con su complejo cabecero, de cientos de angelitos labrados en la madera. Aturdida ante esa visión, decido salir al exterior; el sol me hace olvidar la siniestra cama y decido dar un paseo por los alrededores. Inspiro varias veces intensamente, y me siento feliz de estar en Bosqueverde, y mucho más de que mi encantadora casita esté situada a las afueras del pueblo, en mitad de la verde pradera. Allá por donde mire, la naturaleza me acompaña y eso me hace sentir bien. A lo lejos, me maravilla la visión de una casita con tejado rojo en medio de tanto verde, «¡me encanta!»

Camino sin rumbo fijo, cautivada ante tanta belleza; a cierta distancia percibo unas construcciones muy características que reconozco a la perfección: El Cementerio. Sonrío, porque he venido a Bosqueverde específicamente a visitarlo. Tengo un canal en YouTube donde publico videos de temática misteriosa, y reconozco que no me va nada mal. Abrí el canal con veintiocho años, sin saber muy bien a dónde me llevaría la experiencia; en ocasiones soy algo impulsiva, y decidí compartir mis básicos conocimientos del tema paranormal con gente afín, y ahora, ¡con cuarenta! Puedo decir que me dedico a lo que más me gusta, y todo gracias a la fidelidad de mis seguidores.

Mientras me dirijo al cementerio, contemplo con asombro el espléndido paisaje que me rodea; los impresionantes árboles, y el manto verde salpicado de florecillas silvestres, hacen que olvide todas las preocupaciones que arrastro. A unos tres metros del cementerio, pongo en marcha la cámara de mi teléfono.

—¡Hola! Amigos de lo extraño. Soy Mónica y cómo os prometí en mi anterior video, me encuentro en un entorno rural. No daré el nombre del lugar, porque ya sabéis, que, por desgracia, hay muchos desaprensivos que no se comportan con civismo. Pero si os diré que es un sitio espectacular, ¡aquí uno puede recargar las pilas! Ja, ja, ja. Os garantizo que, en este entorno, el oxígeno se aprecia bien limpio... Ja, ja, ja Por cierto..., —dirijo la cámara del móvil haciendo un amplio recorrido por el cementerio—. Esta noche permaneceré en este lugar intentando captar alguna psicofonía. Os mantendré informados. No olvidéis subscribiros y activar la campanita de notificaciones para que os avise de nuevos videos, y por supuesto, comentar y opinar con educación, todo lo que queráis. ¡Siempre os leo! Besos llenos de misterios... ja, ja, ja. —Me guardo el móvil en el bolsillo trasero de los vaqueros.

Mis seguidores me dan la fuerza que necesito para afrontar la soledad de mi vida. Resignada, introduzco en la cerradura de la puerta del cementerio una copia que Arturo, el amable alcalde octogenario, me ha prestado para que grabe en el interior, giro la llave sin dificultad, y vuelvo a cerrar. Soy previsora y me gusta cerciorarme de que las cosas funcionan bien.

Decido regresar a mi encantadora casa sin dejar de disfrutar del impresionante paisaje; a medida que camino, el viento agita con delicadeza mis cabellos, y llevada por un impulso, cierro los ojos unos segundos al abrirlos de nuevo contemplo el azul del cielo tan inexorable como el mismo mar. El recorrido se me hace corto, pues sin apenas darme cuenta, me encuentro a escasos metros de mi nuevo hogar. «Hola, casa», susurro llena de felicidad. Nada más entrar, me siento como si hubiera traspasado a otra época. Sus escasos muebles recuerdan a tiempos de postguerra; una rústica mesa de madera preside el salón/cocina y a su alrededor cuatro sillas. A la derecha me quedo embobada admirando el hogar, y a cada extremo dos enormes sillones orejeros. Emocionada, me dejo caer en uno, y me sorprende lo cómoda que me siento; en un extremo de la chimenea me percato de un amplio cajón donde hay almacenada más leña.

—«Me gustas casa» afirmo mientras me levanto y salgo con pereza por la puerta principal, arrastrando los pies para descargar del coche, en esta ocasión, las cosas que necesitaré para grabar la sesión de esta noche. Minutos después me encuentro sentada en la majestuosa arboleda frente a la casa, degustando un delicioso bocata de lechuga, tomate con tortilla y queso, mientras mastico, intento disfrutar del paisaje y mantener mi mente en blanco, no quiero ni debo pensar en la persona que me ha triturado el corazón. Sin embargo, una lágrima se desliza rauda por mi mejilla, y a continuación las siguen muchas más, cierro los ojos y me reprendo: «¡Basta, Mónica! Ya eres grandecita». De un salto me pongo en pie y regreso al interior de la casa.

A las doce, en punto de la noche, salgo a la oscuridad, y a punto de llegar a mi destino conecto la cámara y comicnzo a grabar: —No sé qué sucederá, pero... ¿Me acompañáis? Qué os parece si os doy un recorrido por el cementerio. Introduzco la llave en la cerradura de la puerta, y cuando la abro, su sonido se asemeja a un lamento, río por el sobresalto, y empiezo a avanzar iluminando las tumbas del camposanto. Me conmueve los angelitos en algunas tumbas dónde descansan niños fallecidos a muy corta edad. El mutismo es absoluto, pero lejos de sentir temor percibo calma.

—Ahora os dejo, tengo que montar el equipo y es algo tedioso. —Tiempo después estoy sentada sobre el suelo de gravilla, frente a una tumba de una mujer que falleció con cuarenta años, mi misma edad, pero sesenta años atrás a causa de unas fiebres.

— Me dirijo a vosotros, los que ya no estáis en el plano de los vivos. ¿Alguien quiere decir algo? Tengo una grabadora conmigo, puedes dirigirte a ella, si lo deseas. ¿Cómo te llamas? ¿Moriste joven? ¿Cómo es el lugar donde te encuentras?, permanezco en silencio mientras compruebo que la cámara sobre el trípode funciona, igual que la grabadora nueva que me costó un pastón, también vigilo los sensores de movimiento que estén activados, todo parece correcto cuando de repente escucho el sonido de unos pasos sobre la gravilla del camposanto. No voy a mentir, el miedo se apodera de mí.

—¿Quién eres? ¿Cómo te llamas? —pregunto con voz temblorosa, a continuación, los sensores de movimiento se activan y el pitido insoportable acrecienta mi turbación. Agarro con nerviosismo la linterna y dirijo el haz de luz hacia los sensores, y entre ellos una figura enorme y oscura permanece inmóvil. Me levanto con dificultad y grito: —¿Quién eres? ¿Qué quieres?, mi voz tiembla, pero mantengo la compostura mientras los sensores de movimiento continúan activos.

—¡Soy, Carlos! ¡Nos conocimos esta mañana! Mi abuela te enseñó la casa..., —mientras habla, Carlos avanza hacia mí cabizbajo, y abochornado por su intromisión.

—¡Vaya susto! ¡Creí que eras una aparición! —reconozco entre risas, Carlos medio sonríe, pero continúa azorado.

—Lo siento, no pretendía... mejor me voy... No quiero molestarte...   —Sin esperar réplica me da la espalda.

—Carlos, espera..., ya que estás aquí... Te gustaría acompañarme... Estoy intentando grabar psicofonías. Tengo permiso de Arturo, el alcalde.

—Lo sé, eres Youtuber, la noticia ha corrido veloz como el viento, todos los del pueblo saben por qué estás aquí. Esta tarde he visto tus videos, no todos, claro está... Son muy buenos, muy profesionales... Y por lo que he visto... Eres muy valiente...

—¡Gracias! ¿Quieres participar en este? ¿Te animas? —Antes de que pudiera contestar empiezo a hablar ante la cámara: —Al final de esta aventura, os pondré el perturbador encuentro con Carlos, ja, ja, ja. ¡Pero ahora! Carlos se ha unido a esta noche misteriosa.

Una hora después de seguir preguntando a los muertos, me encuentro conversando con Carlos, sobre una bruja que vivió en Bosqueverde en tiempos de la inquisición.

—Fue una injusticia, era una buena mujer, que simplemente atendía a los enfermos con sus remedios. Las envidias y las maldades de las personas, destruyen lo bueno del mundo.

—Me mira a los ojos y se encoge de hombros. Le sonrío entendiendo su frustración. Me gusta Carlos.

—¿Me das permiso para publicarlo? Tengo un arduo trabajo con editar el video, siempre distorsiono los nombres y por supuesto omitiré con un pitido las veces que has nombrado el pueblo. En realidad, tengo que difuminar muchas más cosas, como los nombres de las lápidas que se ven en las imágenes y... Comprobar si ha salido alguna psicofonía y... ¿En serio? ¿No te he aburrido?

—¡Por supuesto qué no! ¡Me encantan estás historias!

Sin saber por qué, miro la hora y se me escapa un gemido de asombro—. ¡Son las cuatro! Creo que es hora de recoger. Carlos me ayuda a guardar el equipo y cuando voy a colocarme la mochila en los hombros me la quita y la carga él, su amable sonrisa impide que rechace la ayuda. Soy feminista, pero hay ocasiones en que aprecio el gesto de caballerosidad de un apuesto espécimen masculino, como lo es Carlos, ¡no puedo evitarlo! ¡Es superior a mí! Caminamos en silencio, pero lejos de sentir incomodidad, su compañía me reconforta; a su lado no temo a nada ni a nadie. ¿Por qué será que en buena compañía el tiempo suele ir a la velocidad de la luz? Sin saber cómo, nos detenemos frente a la puerta de la casita de cuento, y nos miramos sin decir nada; la oscuridad nos envuelve y siento la extraña necesidad de arrojarme a sus brazos para besarlo como una ninfómana. Pero por supuesto no lo hago, en su lugar extraigo la enorme llave y la giro con cierta habilidad en el ojo de la cerradura. Carlos se desprende de la mochila y me la ofrece desde el umbral de la misma puerta.

—Esta noche me has ayudado mucho, y también me he divertido. Gracias a ti tengo un buen material... Ja, ja, ja.

—Yo, también me lo he pasado bien... Buenas noches, Mónica.

Me gustaría que no se fuera, pero no es mi estilo apretujarme contra él para después besarlo como una loca. Suelo tomar la iniciativa animándolos con una mirada, una sonrisa, y es entonces cuando ellos dan el primer paso.

—Buenas noches, Carlos... Él continúa en el umbral de la puerta, sus tristes ojos me miran esperanzados. —Conozco a dos hermanos, son ya muy mayores, viven en una casita a un kilómetro de esta, seguro que la has visto, se ve desde aquí...

—Creo que sé cuál me dices... una con el tejado rojo.

—Esa misma, pues verás... hace unos años vieron unas luces en el cielo y...—Lo escucho embobada, mientras le indico que entre en el interior de la casa, y le invito a sentarse en uno de los sillones orejeros mientras yo me siento en el otro. A medida que me habla de más cosas paranormales que les han sucedido a algunos habitantes de Bosqueverde, mi corazón late igual que una colegiala. «Quítatelo de la cabeza, ¿en qué estás pensando? Tienes cuarenta tacos y él...»

—¿Mónica?

—Perdona... ¿Decías?

—Si quieres, puedo presentártelos, estarán encantados de hablar contigo y tendrás más material para tu canal.

—¡Sería fantástico! —Me levanto del sillón y le ofrezco café, él también se pone en pie y niega con la cabeza.

—Es muy tarde, y mañana... Lo silencio con un beso dado por los pelos, pues Carlos es muy alto, y he tenido que alzarme de puntillas para alcanzar sus labios. Me mira sorprendido, pero inclina la cabeza invitándome a que prosiga. Lo agarro con fiereza por el cuello a la vez que mi boca se entreabre mientras mi lengua se introduce ávida de encontrar la suya, y cuando nuestras lenguas se rozan, comienza una ardiente batalla enloquecida, que nos obliga a acariciarnos mutuamente con hambre lasciva. El fuego de la pasión avanza sin control, y gimo victoriosa.

—A la cama... A la ca-ma... —farfullo sin dejar de besarlo. Él me toma en brazos y avanza con torpeza hacia el dormitorio. La maleta continua sin deshacer sobre la cama, y la visión de la cabecera con los angelitos tallados en la madera ya no me perturba como horas antes. Mi única prioridad es saciar mi abstinencia carnal.

Sonrío cuando me encuentro desnuda sobre la cama entre sus brazos; Carlos es un espécimen más que deseable, su torso musculoso me vuelve loca y cuando sus toscas y callosas manos recorren centímetro a centímetro mi cuerpo ávido de placer, gimo su nombre como una tonta. Sus manos saben despertar el volcán que hace tiempo permanece inactivo, y como recompensa, me pongo encima mientras mis traviesos labios recorren su bajo vientre recreándose en su zona genital.

—Mó-ni-ca —súplica.

—¡OOOOh! Carlos, mordisqueándole el cuello a medida que sus manos oprimen mis pechos. La corriente de la pasión está a punto de explosionar, sus dedos exploran mi zona íntima, y yo le imploro, le ruego... Sus ojos negros se clavan en los míos, y aprecio un brillo de deseo en su mirada mientras continuamos acariciándonos con impunidad. En ese instante levanto las caderas invitándolo con evidente premura a que no lo demore más. Él sonríe y me besa apasionadamente a la vez que nuestros cuerpos se convierten en uno solo.

Me despierto abrazada a Carlos, él me mira con una sonrisa de satisfacción.

—Buenos días, Mónica. —Me da un beso tórrido mientras sus enormes manos me oprimen con ansia las nalgas y el deseo emerge de nuevo.

—¡Oh! Car-los...

La mañana transcurre entre besos, arrumacos y risas...

Sentada en su regazo, le acaricio la cicatriz que tiene en la mejilla. —¿Cómo ocurrió?

—No lo sé... —Se encoge de hombros y me percato de la tristeza que aparece en su oscura mirada—. Me emborraché y cuando desperté me encontré en el hospital con este regalo.

—¿No te acuerdas de nada? —pregunto posando mis labios sobre la cicatriz.

—¿No te da rechazo?

—Carlos, no digas tonterías, me gusta porque es parte de ti.

—¿Sabes por qué me emborraché? —Niego con la cabeza mientras mi mano cubre la cicatriz.

—En una semana iba a casarme con la chica de mis sueños, ¡Idiota de mí! Todo estaba preparado y la muy… —Me mira compungido y me ofrece una media sonrisa—. Se fugó con mi mejor amigo, al que yo siempre llamaba hermano. De eso hace ya dos años.

—¿En serio? ¡No puede ser! —Y rompo a reír.

Él me mira como si me hubiera vuelto loca.

—¡Lo siento! ¡Lo siento! —imploro una vez qué logro tranquilizarme. Es que hace unos meses, mi novio me dejó por mi mejor amiga.

Carlos abre los ojos con incredulidad a la vez que esboza una socarrona sonrisa y rompe a reír a carcajadas.

El día transcurre maravilloso en compañía de Carlos, que amablemente se ha ofrecido a ser mi guía y mediar con los vecinos a que compartan conmigo sus peculiares historias. Son muy amables y no se oponen a que los grabe para mi canal de YouTube; sus experiencias abarcan desde ovnis a apariciones fantasmales. ¡Tengo material suficiente para varias semanas! Sin embargo, me invade el desánimo cuando Carlos me dice que no se queda a dormir.

—¿Es por tu abuela? Es evidente que no le caigo bien.

—¿Mi abuela? No tiene nada que ver... ya soy grandecito.

—Seguro que te dice que soy vieja para ti.

—¿Vieja? ¡Qué tontería! Si somos de la misma edad.

Abro los ojos de par en par, mi sorpresa es más que evidente, pues Carlos no tiene aspecto de cuarentón. —¿Tienes cuarenta? No los aparentas.

—Qué bromista... Tengo veintinueve, igual que tú, —declara Carlos.

Su dulce mirada me conmueve y sus palabras consiguen subir a lo más alto mi autoestima, pero al mismo tiempo el desánimo se apodera de mí.

—Carlos, tengo cuarenta.

—¿En serio?

Asiento con la cabeza, observando atenta su reacción, y me fijo en el brillo de su mirada.

—Por mí como si tienes cincuenta o sesenta... —Me abraza a medida que su boca oprime la mía con pasión desenfrenada.

Soy consciente de que Carlos es una simple aventura, sin embargo, me gusta fantasear con que quizá, lo nuestro, podría prosperar.

—Mañana no me separaré de ti en todo el día —me promete—, pero esta noche tengo que ir a otro pueblo a ayudar a un amigo con su coche, entiendo de mecánica, y... Beso a Carlos con desesperación, él me responde de igual modo, ansío que cambie de opinión, pero comprendo que tiene obligaciones, y yo soy un simple pasatiempo.

La noche ya ha acontecido y me siento sola sin Carlos, apenas dos días que nos conocemos y ya estoy enamorada como una colegiala, soy consciente de que lo nuestro carece de futuro, pero no puedo dominar mis sentimientos. Intento refugiarme en el trabajo, tengo muchos videos que editar, pero no consigo concentrarme, en mi mente solo aparece ese noble grandullón con una perturbadora cicatriz en la mejilla que mis labios han besado infinidad de veces. Para despejarme salgo al exterior, la ligera brisa agita mis cabellos, la oscuridad es un manto que envuelve todo cuanto me rodea.

Camino sin rumbo fijo hacia los frondosos árboles, y sonrío como una tonta pensando en él; sin apenas percatarme abrazo el tronco de un majestuoso árbol, cierro los ojos y escucho el sonido de la naturaleza: la cantinela persistente de los grillos, el canto casual de un pajarito, hasta el ulular de un búho llega a mis oídos. Sonrío por el regalo que me brinda la noche, cuando de repente el crujir de una rama quiebra la magia, pues los grillos, el pajarito y el búho han enmudecido, y solo el mutismo acompaña a la noche. Mi instinto me advierte de un peligro; el miedo me invade y me alejo del árbol avanzando despacio hacia la seguridad de la casa. De pronto un gruñido hace que me dé la vuelta y contemplo horrorizada a una enorme bestia de ojos brillantes, que me gruñe furiosa enseñándome sus feroces colmillos; su vasto pelaje que se aprecia erizado.

Entiendo que ha llegado mi final; las lágrimas acuden a mí, raudas, veloces, empapando mis mejillas; el miedo y el terror a perder la vida siendo devorada por tan enorme bestia, hace que camine hacia atrás. El lobo cambia su rugido convirtiéndolo más amenazador, pero yo no me detengo, continúo retrocediendo muy lentamente: tres metros. El lobo avanza igual de despacio como mofándose de mí, de su boca se desprende unos hilos de babas... dos metros... mi corazón va a mil, no sé qué va a suceder, pero el instinto de supervivencia me indica que continúe reculando, un metro. Los nervios me juegan una mala pasada, y camino deprisa hasta que alcanzo la puerta, justo cuando el lobo trota hacia mí; abre sus cruentas fauces dispuesto a atacarme; sin saber cómo, consigo alcanzar un vasto tronco de tantos que hay formando una pirámide, y le propino tantos golpes en la cabeza hasta que la sangre salpica mi rostro. ¡Horrorizada! Dejo caer el tronco, y apresurada entro en la casa cerrando la puerta de un portazo.

Miro desde la ventana el cuerpo inerte de aquella bestia salvaje, que ahora yace inmóvil frente a la puerta, y no puedo evitar llorar de miedo, pena y frustración. Sentada en una silla, transcurre las horas mientras observo el cuerpo de la bestia. «Está muerto», me digo. Pero tengo miedo que resucite; soy una Youtuber del misterio y conozco muchas historias.

Por fin, los rayos del sol penetran a través del cristal indicándome que debo de desprenderme del miedo y el horror; la oscuridad se ha ido para dar paso a un nuevo día. Necesitada de escuchar una voz amiga, decido telefonear a Carlos, pero cuando necesito cariño y comprensión, los hombres ¡nunca responden! Es mi sino ¡Igual que mi ex! ¡Son todos iguales!

Me acerco a la ventana y cierro los ojos unos segundos, necesito mentalizarme y afrontar la visión del lobo muerto. Cuando los abro, niego con la cabeza la visión que mis ojos me revelan; de mi garganta brota un grito desgarrador. Abro la puerta con torpeza y me precipito hacia el cuerpo inerte que yace desnudo frente a mí. Un hombre grande, corpulento... sus enormes manos, rudas y callosas, horas antes me habían acariciado íntimamente.

—¡Carlos! ¡Carlos! —Entre sollozos lo abrazo con fuerza intentando que despierte; acaricio su cabeza y noto una profunda herida, sin embargo, la sangre se aprecia seca. —¡Despierta! ¡Amor mío! ¡DESPIERTA!

No sé cuánto tiempo permanezco meciéndolo entre mis brazos; mi mente va a cien por hora. Muchas preguntas. Muchas incógnitas... ¿Ha sucedido de verdad? ¿Es casualidad que Carlos sufra la misma herida que el lobo? ¿Por qué está desnudo? ¿Carlos? ¿Lobo? ¿Qué tonterías estoy diciendo? Mis lágrimas humedecen sus mejillas, y en ese instante observo con alegría como sus párpados se agitan hasta que logra abrir los ojos.

—Mónica, Mónica.

—¡OH! ¡Carlos! ¡Estás vivo!

—Mónica, ¿estás bien? ¿La bestia te ha...?

—Mi amor, no te preocupes por mí, eres tú quien necesita ayuda... Vamos hacia el coche, necesitas atención médica.

—No, solo necesito descansar...

Llevada por el amor que siento por él, le propino cientos de besos en la mejilla de la cicatriz mientras le ayudo a incorporarse, y encaminamos nuestros lentos pasos hacia la casa. Una vez dentro nos dirigimos al dormitorio; Carlos se sienta en el borde de la cama; su tristeza es evidente, yo lo cubro con una manta y sin saber muy bien lo que hago desinfecto la herida.

—Necesitas puntos; él no me escucha, no le interesa su herida; me mira con tristeza y me confiesa que es un ¡hombre lobo!

—Pero... ¿Cómo?

—La noche en que me emborraché fui señalado con esta cicatriz en la mejilla por un hombre lobo. Por alguna causa quería que fuera como él, y ahora estoy maldito...—De sus ojos negros surgen un mar de lágrimas—. La cicatriz suele dolerme horas antes de la transformación, y eso me da tiempo para alejarme y perderme en el bosque.

—¿Tu abuela lo sabe?

—Sí, y ahora tú... Supongo que después de esto no querrás nada conmigo, yo... Mónica mi corazón late por ti.

—¡Carlos! —Me arrojo a sus brazos y nos besamos saboreando las lágrimas de ambos.

A partir de entonces, Bosqueverde se convierte en mi nuevo hogar; y desde allí continuo con mi canal de YouTube, que, por cierto, ¡casi alcanza el millón de subscritores! A veces debo ausentarme y permanecer unas semanas en la ciudad para realizar gestiones y entrevistas para el canal, y cuando regreso, Carlos me recibe loco de amor. ¡A su lado soy feliz! Su abuela, Eloísa, siempre me sonríe con afecto desde que mi incipiente barriga, va gestando a su biznieto.

¿Preocupada por si sale licántropo? Me temo que esta pregunta tiene una respuesta tan extensa que requiere que te cuente otra historia...

ALGO SOBRE LA AUTORA

Maribel Fernández, Mayfer8 (pseudónimo de Maribel Fernández, nacida en Barcelona). Desde muy niña, descubrió una gran fascinación por la lectura. Agatha Christie y Stephen King la abdujeron desde el primer instante. Con ellos descubrió un mundo fascinante y apasionante; su joven mente visionaba las historias igual que en una película, refugiándose en un mundo lleno de emociones. Enseguida otros autores también la conquistaron... Desde entonces, trabajos diversos que nada tenían que ver con su amor a la escritura, no la apartaron en su determinación por escribir libros entretenidos y divertidos.

Autodidacta, escribe con la única intención de emocionar y conseguir que los lectores olviden por unas horas los problemas y las preocupaciones.

Actualmente escribe historias en Wattpad, allí la puedes encontrar con su pseudónimo Mayfer8. También tiene una cuenta en Instagram: @fanibelstar dónde comenta libros y promociona sus historias.

UN HOMBRE DE CIENCIA
— Alba Palacios Granda—

Es el año 1938, y yo, Matías, tengo 12 años. Vivo envuelto en las fortificaciones de Picos de Europa, exactamente en un pueblo llamado Baró[2], perteneciente a los valles de Camaleño[3]. Cada camino, ermitas, vecinos... todo conozco a la perfección.

Vivo junto a mis tres hermanos, mi madre, mi padre y nuestro perro Blas. Mi padre no suele estar en casa, pues es cuidador de las ganaderías de otros y se pasa grandes temporadas fuera junto a Blas. Mi madre trabaja en la casa de los señores, exactamente en la del Doctor. Ella se encarga de

---

[2] Localidad del municipio de Camaleño. En el año 2008 contaba con una población de 15 habitantes.
[3] Municipio y localidad situado en el extremo más occidental de la comunidad autónoma de Cantabria. Es uno de los siete municipios que forman la comarca de Liébana.

cuidar a sus hijos, limpiar y alimentar, mientras nosotros nos cuidamos como buenamente podemos para sobrevivir a la pobreza.

—Ojalá siempre estés aquí y no tengas que trabajar. —Le decía siempre a Blas.

En Camaleño, los tiempos de guerra los estamos viviendo dentro de lo que cabe de una forma tranquila. Hace unos meses, se llevaron a mi tío, pero pronto volvió.

A veces escuchamos el gran ruido que deja el paso de los aviones. Cuando esto pasa, siempre voy corriendo con Blas para taparle sus largas orejas, y aunque a mí también me gustaría no escuchar tanto ese ruido, me tranquiliza estar con él. Algo así como yo te cuido y tú me cuidas.

En mi casa poco se habla de la guerra, solo de trabajar y supervivencia. Por eso, siempre que puedo me escapo a ver a Francisco el párroco de Santo Toribio y su cuñado Froilán, que vive en Mogrovejo mientras el párroco vive en el monasterio de Santo Toribio de Liébana. Ellos me enseñaron a escribir y a leer.

Era un día grande, mi favorito del año, el último Domingo del mes de agosto. Hoy se celebran las fiestas de San Tirso. Mi madre nos prepara a todos, mi padre está sentado junto a mi tío y su inseparable bota de vino mientras fumaban de su pipa.

—Estaba ayer bajando a Potes cuando a medio camino noté que algo me faltaba, ¡la pipa!, contaba risueño, mientras ya todos atendíamos expectantes. Así que no quedó otra que dar media vuelta y volver a casa a por ella. Subiendo me encontré con Félix que subía con las vacas, cuando una mosca empezó a molestar, iba a espantarla con la mano y; ¿sabéis que pasó?

—¿Qué pasó? – preguntaron mis hermanos gemelos casi a la vez, con cara expectante y rojos de tanto reírse de la forma de sobreactuar de nuestro tío contando la historia.

—¡Que se me cayó la pipa, la tenía en la boca!, ni me había dado cuenta – decía sin parar de reír. Todos nos reíamos sin parar.

Justo en ese momento llegó Pili, mi tía, junto a mi prima Gloria, tenía once años, y era un auténtico demonio. Pocas buenas ideas se le ocurrían.

—¿Ya os está contando la historia de la pipa?, si no la contó 10 veces, no la contó ninguna. Ayer se enteró todo el valle y parte de Potes, ¡qué hombre! —decía mi tía en tono irónico.

Cuando acabamos de prepararnos, pusimos rumbo a Ojedo y desde ahí subimos a la Ermita de San Tirso, para asistir a la misa de Campaña.

—Matías, ¿cómo estás?, me preguntó Froilán, ¿ya te ha contado tu tío la historia de la pipa? — se reía

Yo afirmé mientras sonreía y seguí caminando hacía Ojedo junto a Froilán y Blas. Prefería mil veces esa compañía que la de cualquier niño, pues a menudo, se reían de nosotros, burlándose de nuestra pobreza. Froilán siempre me dice que prefiere un amigo pobre de material y rico en valores, y en eso, según él, mi familia y yo íbamos sobrados.

Pronto se unió también Francisco, que hoy, sería el encargado de la misa. También el señor César, el Doctor, jefe de mi madre. César tenía dos hijos de 16 años que pronto se irían a Asturias a estudiar. Ninguno quiere ser Doctor como su padre, ellos prefieren ser abogados. Siempre que mi madre me lleva a su casa por la insistencia de los hijos de César y del propio César, leo alguno de los cientos de libros que tienen en sus enormes estanterías. — Es muy inteligente, debería volver a la escuela — siempre decía César, ante la negativa de mi madre. La gente como nosotros lo que tiene que hacer es trabajar.

A los ocho años empecé a limpiar las cuadras y alimentar a las gallinas y cerdos propiedad de los vecinos. Mis hermanos, los gemelos, hacían lo mismo que yo, pero ellos eran más fuertes y les resultaba más fácil. Pronto ellos también empezarán a salir con los rebaños de ovejas junto a mi padre, ya son suficientemente mayores, tienen 16 años y están preparados para desempeñar esa labor. Mi hermano el pequeño, aún no podía trabajar, así que seguía yendo a la escuela de Baró.

—Me ha dicho César —preguntaba Froilán— que ya tienes un escritor favorito y ¡escribe poesía! ¿Te gusta la poesía?

—Sí, he leído El rayo que no cesa, el último poemario de Miguel Hernández y me ha gustado mucho. Pero no creo que él sea mi favorito, aún sigo buscando —contesté dubitativo.

—Qué suerte de poder acceder a la gran biblioteca de Don César, no todos tienen esa suerte, dijo Francisco, mientras César le interrumpía para recordarles que ellos eran más que bienvenidos a su casa.

Ya estábamos a punto de llegar y justo en ese momento, volvió a sonar el atroz ruido de los aviones de guerra.

—Más de 800 días de guerra y esto no cesa, comentaba Francisco con ojos tristes.

Ya habíamos pasado Ojedo y faltaba aún una buena caminata para llegar a la ermita. Hoy era día de alegría dentro de lo que cabe. Los niños gritaban y saltaban, las madres sonreían y los padres hablaban con los vecinos de la vida cotidiana.

Mi familia era muy devota. Yo no sé si creo o no, pero siento verdadera admiración por el arte que se encuentra dentro de las ermitas de nuestro valle, una riqueza que puede contemplar cualquiera, incluso nosotros, que como dice mi padre, no tenemos ni donde caernos muertos. Alguna vez hablé de esto con el Doctor César. Ante mi pregunta indiscreta de si él creía en Dios, siempre me respondía que él era un hombre de ciencia, y yo que le admiraba igual que a mi padre o a mi tío, decidí que guardaría como el más grande de los secretos que yo también era un hombre de ciencia. Un hombre de ciencia y un amante del arte. Lo guardo en secreto porque adoro conocer y visitar cada ermita siempre que puedo, pero no me gustaría disgustar a mi familia. Hago el bien no por agradar a ningún Dios, sino por no defraudar a la gente que quiero.

Cuando llegamos a la explanada delante de la ermita de San Tirso, el párroco Francisco se dispuso a dar la misa. En cuanto finalizó, hubo un gran banquete. Cada vecino trajo lo que buenamente pudo. A nosotros, siempre nos invita Don César. Tiene uno de los hornos más grandes del Valle, y ahí se hace, para mí, el mejor pan del mundo.

—Mirar lo que tengo niños – decía mi padre, mientras enseñaba una onza de chocolate—, me lo ha dado Demetrio —Acto seguido nos repartía un trozo minúsculo a mis hermanos y a mí.

—Oye?, exclamó mi hermano Juan José, le has dado más a Blas que a nosotros

—Claro, él me ayuda más. Que va a la tejada sin protestar.

Mientras, mi madre le miraba con media sonrisa, a la vez que agitaba su cabeza como signo de negación y con cierta picardía.

Después de comer, tocaba turno de la gran hoguera. Éste sería el primer año que yo podía saltar el fuego. Diversión a raudales, hoy no había sitio para penas, era día de fiesta, de celebración, alegría y gritos de esperanza deseando que pronto llegase el fin de la guerra. También era día de despedidas porque para algunos, éste sería el último año de fiesta, ya que partirían rumbo a las Américas en busca de una vida más sencilla.

Ya a media tarde, empezamos a marchar todos. Yo volvía con mi tío. —Esta noche dormiré en Bodia para ayudar mañana a herrar a las vacas de Demetrio.

Llegando a Bodia, después de la larga pendiente, vi como Vicente iba corriendo mientras otros nos quedábamos paralizados ante la expectación de ver qué pasaba. Mi tío se adelantó y empezó a hacer gestos de negación con la cabeza, mientras repetía una y otra vez. ¡No hay derecho!

Ya llegados los demás a su altura, vimos como la ermita de Victoria y San Acisclo estaba destrozada, además, se habían llevado las imágenes de los patronos. Una obra de arte tallada en madera. Algunos lloraban de desolación. Ésto era fruto de una guerra a la que no veían fin. La ermita de Bodia era pequeña, con un retablo de madera sin policromar. Y ahora, poco quedaba de ella.

Mi tío fue en mi búsqueda y cuando me encontró, me mandó ir a Camaleño, a casa de Don César. De ahí, en su coche hacía Mogrovejo a casa de Froilán. Yo, que estaba mas asustado que otro poco, no llegué ni a articular palabra y ya me estaba yendo hacía Camaleño.

La bajada de Bodia en estos meses, no tenía nada que ver con la de los meses de invierno, en los cuáles, la nieve, dificultaba mucho la vida a los vecinos. Además, las carreteras están muy mal comunicadas, por ello en Bodia solamente hay 7 casas.

Una vez llegué, le conté a Don César lo sucedido, se puso rápido la chaqueta y fuimos directamente al coche, mientras su mujer preguntaba preocupada que había pasado. Él solamente respondió que no se preocupara pero que no le esperara para la cena. —Que iluso pensaba yo. A mí no me entraba más miedo en el cuerpo, no entendía tanto secretismo y por qué a esas horas, teníamos que ir a casa de Froilán.

Durante el recorrido no dijimos ni una palabra hasta que finalizamos el trayecto. En ese momento, César me dio una palmada en la espalda y me intentó tranquilizar con un "no pasa nada".

Cuando ya habíamos llegado, Don César me animó a contarle lo que había pasado en Bodia, así que le expliqué con máximo detalle lo sucedido. Su cara, cambió por completo.

—Tenemos que hacer algo Don César, se lo llevarán todo por delante y jamás lo recuperaremos. No es cuestión de creer o no creer, es porque es nuestro y lo están destrozando. – dijo muy nervioso Froilán. Justo en ese momento y mientras me miraba fijamente me dijo —Matías, vete cagando hostias a por mi cuñado. Si está durmiendo que se levante y le explicas lo de Bodia, que está aquí Don César también.

El párroco estaba a punto de ponerse a cenar cuando yo entré por la puerta, no solíamos cerrar nunca con llave, pero en ese momento me di cuenta que con los nervios ni siquiera había picado.

—¿Qué ha pasado Matías? – me preguntó un desubicado Francisco.

Le volví a contar lo ocurrido en Bodia y el mensaje de su cuñado. Así que, repitiendo la respuesta de Don Cesar, cogió la primera chaqueta que encontró y pusimos rumbo a obedecer la orden impuesta. El trayecto fue una copia del que realicé con Don César, solo se escuchaba silencio.

Cuando llegamos ambos estaban fuera fumando con cara de pocos amigos.

No habíamos llegado y Froilán ya nos intentó tranquilizar a todos con un —Tengo una idea.

—Entrar y no hagáis ruido, que está Doña Concha en la ventana y es más mala que las ratas —comentó Froilán— De puertas para fuera —decía mientras nos empujaba para fuera como si nos estuviera escondiendo— hoy estamos aquí los cuatro para cenar juntos celebrando San Tirso. De puertas para dentro, vamos a pensar como salvarla del terrible futuro que le espera, si no hacemos nada.

Yo miré incrédulo sin entenderlo hasta que me atreví a preguntar.

—¿Salvar? ¿Quién está en peligro?

Todos se miraron unos a otros.

—La Lignum Crucis —Dijo serio Don Francisco.

Hubo un silencio que ocupó todo, yo miraba a Froilán y éste a Don Francisco que tenía cara de mucha preocupación.

—Tengo una idea, —por fin Froilán rompió el silencio— Hoy ha sido un día largo. Os la contaré otro día, pueden sospechar si nos ven saliendo a estas horas y necesitamos que nadie se entere de ésto, o sería nuestro fin y el de la Lignum Crucis. No os podéis fiar de nadie.

—¿Y de mi familia? – pregunté de forma inocente

—Cuanto menos hables de esto, mejor. Es un asunto muy importante y a la vez peligroso – me dijo Don César

—Vamos a necesitar que tu tío nos haga un favor, pero me encargaré de hablar con él y si alguien se entera, será algo tramado por mí y por nadie más, dijo Froilán.

Todos asentimos y dimos por finalizada la reunión. Ya era noche así que Don César, me subió a la casa de mi tío. Mañana, independientemente de lo que había pasado hoy, tenía que trabajar como cada día.

Cuando llegué, mi tío estaba esperando en un tronco cortado que hacía de silla mientras fumaba de su pipa.

—Estaba preocupado Matías. Se hizo tarde así que dile a tu tía que te caliente la sopa y a dormir, —me dijo mi tío mientras me cogió del hombro y observaba que nadie mirase, como si supiera todo lo que había pasado en Mogrovejo, todo lo que tramábamos, sin haber estado en la reunión.

Por la mañana me desperté como si se tratase de un día normal, pero lo cierto es que, con los nervios, no había podido pegar ojo.

Me vestí y fui hasta el potro para ayudar a mi tío que en cuanto me vio pegó un grito

—¡Eh tú!, hoy te libras! necesito que me hagas un favor – Dijo mientras miraba a Froilán.

—¿Qué pasa? – pregunté mientras miraba a ambos.

—Necesito que busques un buen trozo de madera de atrás, por donde casa Demetrio. Lo necesito para hacer un regalo a tu prima Gloria, que en breve será su cumpleaños. Debe ser la mejor madera que encuentres porque quiero tallarle algo.

Me dispuse a buscar la madera sin creerme mucho la historia. Aún quedaba tiempo para el cumpleaños de mi prima y en nuestra familia no se hacían regalos, más que una doble ración de chocolate.

Cogí la mejor madera y fui en dirección a lo que quedaba de la ermita de Victoria y San Acisclo. A su izquierda estaba el potro en el que estaba trabajando mi tío. Mientras él terminaba, yo me puse en lo alto para ojear desde la altura de Bodia las maravillosas vistas que se podían contemplar, mirando hacía el Pico Pozón y el Pico Cortés. Abajo, se podía observar el pueblo de Bré lleno de milicianos. Bré es otro de los muchos pueblos que pertenecen al Valle de Valdebaró. Cada vez es más frecuente que a este valle se le llame Camaleño porque es donde tenemos el Ayuntamiento, pero mi tío y mi padre siempre dicen que Valdebaró fue y Valdebaró será, hasta que se mueran.

Cuando mi tío acabo, me pidió que bajara a Mogrovejo de nuevo, pues siguiendo aquella historieta inventada, me explicó que Froilán tenía un don con la madera y se había prestado voluntario y de forma altruista a elaborar el regalo para mi prima Gloria.

Asentí, aún sabiendo que era otra mentira más, y me despedí de mis tíos porque ya después volvería a Baró con mis padres y hermanos.

Cuando llegue a la casa de Froilán, éste me metió dentro. Pronto llegó también Don César con la excusa de que Marcelina se encontraba indispuesta. Lo cerramos todo, puertas, ventanas…y nos metimos en la habitación. En ese momento, Froilán nos contó sus planes.

El plan consistía en fabricar una réplica exacta del Lignum Crucis. Coger la verdadera y enterrarla en una higuera que había en la huerta de abajo del monasterio. Y en su lugar, poner la réplica que Froilán se encargaría de tallar.

—Te verán los milicianos Froilán. No dudo de tus dotes para hacer una cruz idéntica, pero nos pillarán, dijo Don César.

—Lo tengo todo pensado. Iremos a primera hora de la mañana, vendrá también Matías pues me tiene que ayudar. Nadie nos verá a esas horas y los milicianos no estarán.

—Pero si te paran buscarán a ver que llevas en el carro para robarte – dijo Don César, que no parecía muy de acuerdo con el plan.

—Me parece buena idea —corté en ese momento a Don César—, Froilán, cuenta conmigo, dije sin pensarlo mucho. Sabía que necesitábamos una solución y esa me parecía la más adecuada.

Había pasado tan solo una semana, cuando llegó Froilán y me dio la noticia. Mañana es el día. Se haría todo antes del amanecer. Tenía que volver de nuevo a Mogrovejo, una vez ahí, cogeríamos el carro de las vacas y pondríamos rumbo hacía el monasterio. No debería de retrasarme. Si se hace de día, los milicianos estarían ya por los caminos.

Esa noche me la pasé pensando en que pasaría si nos encontraran con la Lignum Crucis que debería de estar en el monasterio. Le conté una pequeña mentira a mi madre y antes de que saliese el sol, puse rumbo a cumplir órdenes.

Llegué y Froilán ya estaba esperándome en el carro, así que me subí y fuimos en búsqueda de Don Francisco.

Una vez llegamos, casi con las vacas aún en movimiento, Don Francisco cogió el relicario, metió ahí la suplantación de la Reliquia y lo guardo en la caja fuerte del Camarín, simulando así su custodia. Lo hizo de forma rápida y aunque quería mostrarse tranquilo, se notaba que estaba muy nervioso.

Mientras, Froilán y yo, cavamos un hoyo bajo tierra de tres metros de profundidad. En esa temporada no había llegado la lluvia y la tierra estaba muy seca, por lo que nos costó un poco más. Una vez terminamos el hoyo, Don Francisco nos trajo la auténtica Lignus Crucis, la introdujo en una caja de madera tapada por una manta y la metió dentro del hoyo.

A los pocos días, los milicianos llegaron al Monasterio y lo llevaron todo por delante. Arrasaron el altar del Camarín y usaron cargas de dinamita para abrir la caja fuerte, pensando que ahí se guardaría el oro. En cuanto vieron a Don Francisco, liberaron su ira contra él rompiendo varias costillas al párroco y dejándolo tirado como un perro. Cuando por fin pudieron abrir la caja fuerte, se llevaron orgullosos la cruz, mientras a Don Francisco, lo tirado en el suelo y con grandes dolores, le emanaba una pícara sonrisa de alivio, al saber que el verdadero tesoro estaba enterrado bajo tierra.

Al mes, cuando ya Francisco estaba recuperado y todos tranquilos pensando que la cruz estaba a salvo, empezaron las lluvias. Lluvias que no cesaban. Llevábamos más de dos semanas y Don César nos comunicó el riesgo que conllevaba. La madera de la caja se estropearía y también el tesoro que contenía.

—Tenemos que pensar algo o no habrá valido la pena todo esto – Dijo Froilán.

—Solo se me ocurre desenterrarla y traerla a Mogrovejo y volver a enterrarla aquí bien cubierta con paños y bajo un torrejón – Dijo Don César.

—Si me ven aparecer de nuevo por el monasterio me mataran. Además, la carbonera desde aquel día sospecha, y ya le ha preguntado a mi hermana que, qué era lo que habíamos enterrado ahí. Estoy seguro de que el carbonero lo sabe, pero no ha dicho ni mu, ni lo dirá, pero me da miedo ella- Explicó Don Francisco.

—Hay que sacarla de ahí —dije— Iremos Froilán y yo y también sus hijas y su mujer. Cogeremos el carro de las vacas, nadie mirará que llevamos si dos niñas y un niño van dentro —asentí.

Don César me miró orgulloso. Sospecho que me quería tanto como a un hijo.

Al día siguiente, volvimos a hacer lo mismo que hacía un mes. Salimos bien pronto por la mañana, Froilán, su familia y yo subidos en el carro de las vacas, rumbo hacia el monasterio de nuevo.

Al ver que no había nadie, nos dispusimos a desenterrar el tesoro. Una vez recuperado, nos dimos cuenta de que estaba lleno de agua, sin embargo, la caja resistió y la cruz estaba intacta.

Así que subimos la reliquia al carro, la tapamos con la chaqueta de lana de Froilán y con sumo cuidado de no estropearla con algún falso movimiento, bajamos del monasterio hacia Mogrovejo.

Ya habíamos pasado la Frecha y también la iglesia de Nuestra Señora de la Asunción. Estábamos al inicio de Camaleño y vimos al fondo a un grupo de milicianos. La mujer de Froilán decía en voz baja que diese la vuelta, pero todos sabíamos que no serviría de nada. Si hacíamos eso, nos perseguirían y nos matarían.

Cuando llegamos a la altura de los milicianos, Froilán paró de golpe. Sus hijas miraban con ojos llorosos, se podía notar que estaban muertas de miedo. Mientras, yo acariciaba la chaqueta de pana que cubría la caja de madera.

—¿Qué tienen ahí? —gritó un miliciano.

—Vamos dirección a Mogrovejo a trabajar, solo llevamos herramienta —contesto Froilán.

El miliciano, al igual que había sospechado yo la noche anterior, al ver a los tres pequeños en el carro, se dio media vuelta y nos mandó seguir.

Llegamos a casa de Froilán aún con el susto en el cuerpo. En ese momento nos dimos cuenta que ya estaba ahí esperándonos Don César.

Fuimos los tres a una parte de la era que tenía encima un pequeño techado. Estaba situada cerca de la cuadra de las cabras y los cuatro creímos que era un buen sitio para hacer el hoyo. Así que nos pusimos a cavar de nuevo.

Mientras Froilán y yo cavábamos, Don César saco la Lignum Crucis de la caja de madera para después meterla en una nueva caja más resistente que la anterior. Cuando ya habíamos terminado de cavar y viendo que tenía suficiente profundidad, Don César puso una chapa que hacía de base para después poner encima la caja con la reliquia dentro. Ya estando colocada, la tapamos con un paño y le añadimos papeles de periódico. Después lo rellenamos con tierra y por encima estiércol. «Será imposible que la encuentren», pensé.

Ya habían pasado varios meses desde que guardamos la reliquia auténtica y con ella el gran secreto y la vida seguía siendo igual de complicada para todos, o incluso más.

Yo seguía trabajando y cuando podía, junto a Blas, nos escapábamos a leer a casa de Don

César. Durante todo ese tiempo, ni Cesar ni yo, hablamos de nuestro secreto.

A Froilán le veíamos menos, todo se torció después de que Don Francisco tuviese que huir. Como consecuencia, a él y a su familia le hicieron la vida imposible. Les pegaban, les arrebataban los animales y también las frutas y verduras. Así que Froilán bajaba largas temporadas a Potes, dejando en Mogrovejo sólo su familia.

—No sabía que Froilán le había dejado la era a Juan. La pobre lleva arando la tierra una semana – comentaban dos vecinos, mientras yo escuchaba.

En cuanto lo escuché, me di cuenta de lo que significaba. Si la vecina de Froilán, Juana, estaba en su era, podía acabar descubriendo el gran secreto. Así que fui corriendo todo lo rápido que pude hasta casa de Froilán.

En cuanto llegué, descubrí que había arado toda la era a excepción de esa zona, así que fue un gran alivio. Ni su mujer, ni sus hijas, sabían dónde estaba enterrado, ya que al igual que habían pensado al principio, cuantos menos lo supieran, más difícil sería que nos descubrieran. Así que cuando Juana les pidió permiso para trabajar sus tierras, ellas asintieron sin saber el peligro que conllevaba y sin saber que justo debajo, estaba guardada la auténtica Lignum Crucis.

Cuando todo se calmó y se puso fin a la guerra, por fin Froilán, desenterró de nuevo la cruz. Después la bajó a Potes para entregársela al coadjutor de la villa y encargado de la parroquia de San Vicente. Estaba intacta gracias al cuidado que habíamos tenido al enterrarla.

Pero hubo algo que no le llevó al coadjutor y que Marcelina, la esposa de Froilán, quiso quedarse. Se trataba de la vieja manta. La vieja manta que la cubrió y protegió durante tanto tiempo.

Pasados varios años, cuando tenía yo 16, Don César decidió hablar con mi familia para llevarme a Asturias con uno de sus hijos, para que una vez allí, estudiase. Mis padres, que al principio dudaron, no querían perder esa oportunidad que les daba la vida y con todo el dolor del mundo, se despidieron de mí para dejarme ir en busca de mis sueños. Sueños cumplidos gracias a la bondad de aquel hombre de ciencia.

Me fui del pueblo con 16 años, siendo un niño curioso que se perdía entre los libros de Don Cesar y me convertí en Asturias en profesor de historia de la Universidad de Oviedo. Pero siempre con los pies en el suelo, porque cuando nunca se tuvo nada, cada cosa que se obtiene vale el doble.

Incluso en mis clases, cuando hablaba del Lignum Crucis y explicaba que era considerada por la Iglesia católica como el trozo más grande que aún se conserva de la cruz de Cristo, jamás dije, que fui participe, de que hoy aún se conserve la reliquia original. Pero esas clases, siempre eran las más especiales para mí, pues aún después de tantos años, guardaba el recuerdo de cómo nosotros cuatro nos involucramos y emprendimos aquella aventura que podía haber terminado con nuestra vida.

Joaquín Sebrango se puso en contacto conmigo, para contarme su intención de devolver a la ermita de Bodia sus patrones Santa Victoria y San Acisclo. Después de hablar con Froilan, y sabiendo que en la iglesia de Mogrovejo existían imágenes de los mismos santos, Joaquin habló con Don Benito Velarde, un experto en la talla de madera, para que realizase nuevas imágenes para la ermita de Bodia. Así, el tiempo hizo justicia y los patrones volvieron al sitio del que nunca se tenían que haber ido.

Con el paso de los años, pero con la satisfacción de haber cumplido su cometido, mis amigos Froilán, Don Francisco y Don César fallecieron. Yo aún con la pena de su marcha, me queda el consuelo de que vivieron lo suficiente como para venir el día de mi boda y que celebré por supuesto en el monasterio de Liébana. Ese día, mientras estaba allí, miraba la cruz de madera que se conserva intacta gracias a nosotros, y en parte también gracias a ella, porque unió a cuatro personas totalmente diferentes que hicieron que me convirtiera en lo que era.

Cuando mis padres ya eran demasiado ancianos, se vinieron con nosotros para Asturias, mientras mis hermanos se fueron a Santander, con la pena de mi padre de abandonar el pueblo. Allí dejó el recuerdo de una gran pobreza, pero también muchas cosas buenas. Enfermó y murió prácticamente con su pipa en la boca y recordando siempre con mucho cariño a su querido hermano. Por otra parte, mi tío quedó en Camaleño. De todas las veces que fui, jamás hablamos de la muñeca que iban a tallar para regalar a mi prima y que por supuesto nunca le llegaron a regalar. Tampoco me dijo que era lo que él sabía, aunque yo sigo teniendo claro, que era conocedor de cada paso que dimos en aquel momento, porque estoy seguro de que aquella caja de chapa que usó el Doctor para guardar la reliquia había salido de su casa.

ALGO SOBRE LA AUTORA

Alba Palacios Granda. Oviedo (1991), informática y autora de *Manchitas es el prota* y *En busca de aventuras te encontré a ti* con los que pretende que el público infantil empaticé con los animales. Son cuentos solidarios, donde su recaudación va destinada, a la asociación protectora de animales Benecane.

Con una pieza de abedul,

que es más blanda que castaño, haya o nogal,

el madreñero con su maestría,

esculpe el calzado asturiano y rural.

La zapatilla meto en su panza

y tres tacos me aíslan del suelo, la humedad y el barro.

Además, voy redecorado,

con motivos de cerámica castreña,

y en la aldea soy el más mirado.

Emma

    Las madreñas son una especie de zapatos asturianos que se elaboran a partir de una sola pieza de madera. Aíslan de la humedad y del barro de los caminos, ya que antes abundaban los caminos sin asfaltar.

«Para viajar lejos, no hay mejor nave que un libro».

Emily Dickinson

Gracias por la lectura de este libro

Únete a nuestra comunidad y viaja con nosotros

Se ha escrito un libro

- https://www.youtube.com/@sehaescritounlibro
- https://www.instagram.com/sehaescritounlibro/

¡Te esperamos!